GUIDE PRATIQUE

DE

BAGNOLES=DE=L'ORNE

et de ses Environs

PAR

Le Dᵣ L. SCHEURER

Médecin consultant à l'Établissement Thermal
de Bagnoles-de-l'Orne.
Délégué du Touring-Club de France
Secrétaire Général
du Syndicat d'Initiative de Bagnoles-de-l'Orne.

PARIS

LE FRANÇOIS, LIBRAIRE

9 ET 10, RUE CASIMIR-DELAVIGNE

—

GUIDE PRATIQUE

DE

BAGNOLES-DE-L'ORNE

et de ses Environs

GUIDE PRATIQUE

DE

BAGNOLES-DE-L'ORNE

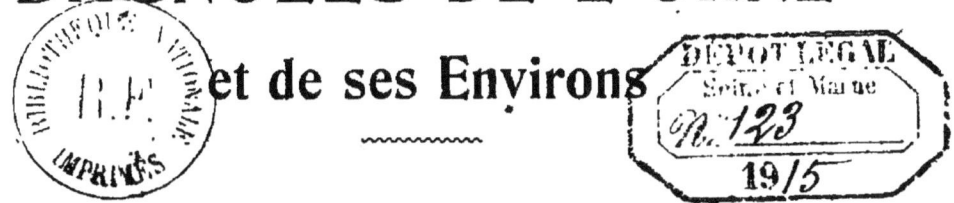

et de ses Environs

Les Eaux - La Cure - La Vie à Bagnoles

PAR

Le Dʳ I. SCHEURER

Médecin consultant à l'Établissement Thermal
de Bagnoles-de-l'Orne.
Délégué du Touring-Club de France
Secrétaire Général
du Syndicat d'Initiative de Bagnoles-de-l'Orne.

PARIS

LE FRANÇOIS, LIBRAIRE

9 ET 11, RUE CASIMIR-DELAVIGNE

LE LAC.

SITUATION

Bagnoles-de-l'Orne est la seule station hydrominérale de l'Ouest de la France. Elle est située en plein « bocage normand », sur les confins de la Normandie, du Maine et de la Bretagne, autrement dit, vers la limite des départements de l'Orne et de la Mayenne : à 80 kilomètres environ au sud de Caen, à 100 kilomètres environ à l'est du Mont Saint-Michel, à 50 kilomètres à l'ouest d'Alençon, à 6 kilomètres au sud de La Ferté-Macé qui est la ville importante la plus proche, et à 16 kilomètres au sud-est de Domfront. Bagnoles est entouré de grandes et belles forêts domaniales qui sont, la forêt d'Andaine et celle de La Ferté-Macé. Au sud s'étagent des prairies qui descendent jusqu'à Couterne (6 kil.) au bord de la Mayenne.

L'Etablissement Thermal est construit au milieu d'une gorge de 3 à 400 mètres de long s'ouvrant au nord sur Bagnoles, au sud sur le petit village de Tessé-la-Madeleine, et au fond de laquelle coule une rivière : La Vée. Celle-ci prend sa source au nord de Bagnoles, dans la forêt de La Ferté-Macé et, après avoir cheminé le long de jolis vallons, vient s'étaler en un charmant petit lac, avant de passer dans la gorge de l'Etablissement.

ALTITUDE. — *La Grande Source* de Bagnoles se trouve à 220 mètres environ au-dessus du niveau de la mer. Les collines avoisinantes atteignent à peu près 260 mètres.

CLIMAT. — Le climat tient un peu de celui de la montagne et aussi de celui de la mer.

L'air y est pur, léger et très calme. Les
pluies sont abondantes et, de par la proxi-
mité de forêts très étendues, l'humidité s'y
fait quelquefois sentir.

Des bois de pins y développent des par-
fums balsamiques et rendent l'air délicieux à
respirer. Les journées sont souvent chaudes,
mais les nuits toujours fraîches.

Il faudra donc pouvoir se vêtir chaudement
le soir : les vêtements de laine seront à
ajouter à ceux qu'emportent habituellement
les baigneurs pour un séjour d'été.

HISTORIQUE

L'histoire de Bagnoles ne présente que peu
d'intérêt, et les débuts en sont assez obscurs.
Une légende raconte que « Rapide » cheval
d'armes de Hugue, Vidame de La Ferté-Macé,
seigneur de Tessé, Couterne et autres lieux,
vieilli par les fatigues, perclus de douleurs
et de « rhumatismes » fut amené par son
maître et abandonné, auprès de la source qui,
jaillissant d'entre les rochers, avait déjà la
réputation de redonner des forces aux cerfs
qui, aux abois, étaient venus par hasard s'y
jeter. On dit que Rapide vécut là, se nourris-
sant des bruyères qui croissaient le long des
rochers avoisinants et venant chaque jour
boire à la source et s'y baigner. Un mois
après, quel ne fut pas l'étonnement de Hugue,
en retrouvant son cheval préféré, plein de

vigueur et de santé, agile comme autrefois, le poil lustré, l'œil vif.

Le vidame qui, depuis des années, avait les membres raidis par le rhumatisme et l'âge, se décida à essayer de boire l'eau de la source et de s'y baigner. Au bout de quelque temps il ressentit un bien-être tel qu'il se serait cru avoir 20 ans. — Son serviteur qui avait suivi son exemple fut également guéri.

Le sieur Hugue se fixa non loin de la source. Il revint souvent s'y baigner en même temps que ses chevaux, et chaque fois il en éprouva le plus grand bien.

Ce conte n'est qu'une légende gracieuse, charmante; elle est racontée tout au long dans une notice publiée par M. le comte de Blanzay, en 1885.

Dans son ouvrage, le Dr Legallois, en 1889, fait remonter l'origine de Bagnoles-de-l'Orne au xve siècle.

D'après Louis Duval, et dans un article paru en 1892, le premier document officiel relatant la visite de la forêt de La Ferté-Macé, et des Bains de Bagnoles, daterait du 6 mai 1667.

Les personnes que des détails plus circonstanciés intéresseraient, pourront lire une communication faite en août 1894 par le Dr Censier, à l'Association Française pour l'Avancement des sciences et dans laquelle il est longuement parlé des origines de Bagnoles-de-l'Orne.

Les bains de Bagnoles furent réunis au domaine royal le 12 avril 1668, par confirmation d'une sentence rendue en 1644.

L'exploitation des eaux fut confiée en 1691 aux sieurs Legeay et Laloë, en 1692 à Pierre Hélie. Ce dernier et ses descendants, la conservèrent plus d'un siècle.

En 1813, l'établissement fut acheté par M. Lemachois, moyennant 20.000 francs environ, et remis à neuf.

En 1840, l'établissement fut vendu à M. Desnos, d'Alençon, qui en resta propriétaire 16 ans, au bout desquels il le vendit à M. Benardeau qui, en 1865, le vendit à une Société dont M. Richard d'Alençon était le représentant.

En 1880, une Société à la tête de laquelle se trouvait M. Duparchy acheta le domaine, et en 1896 enfin, une Société dont M. Georges Hartog est le président, se rendit acquéreur des bains et du domaine.

Je n'ai pas besoin de dire, combien, depuis une trentaine d'année, les bains de Bagnoles ont prospéré, combien la ville d'eau où l'on guérit les maladies des veines a réussi à se faire connaître et apprécier.

De grands hôtels ont été construits, l'Etablissement thermal a été refait.

Bagnoles-de-l'Orne est destiné à devenir une station de tout premier ordre, et à prendre une extension considérable autant par ses eaux dont les vertus sont à l'heure actuelle universellement connues, que par sa charmante situation parmi la verdure et les rochers.

L'ÉTABLISSEMENT THERMAL.

LES SOURCES

Elles sont au nombre de deux :

1°. La Grande Source.

Elle naît au centre de la gorge, au pied des rochers. Elle émerge par une faille provenant d'un soulèvement granitique recouvert de grès quartzeux. Son débit est de 30 à 40 mètres cubes à l'heure et sa température au griffon est de 26 degrés.

Sa limpidité est parfaite, mais vue sous une certaine épaisseur (à la piscine par exemple), elle est franchement azurée.

Sa saveur est très faible, spéciale, mais disparaît dès que l'eau a été mélangée à une boisson quelconque.

Pendant bien longtemps, l'eau de la Grande Source fut classée parmi les eaux sulfureuses! On se rendra compte par l'analyse ci-dessous, qu'il n'en est rien. Si elle contenait du soufre, ce ne pourrait être que par une réduction des sulfates.

Elle fut classée par Ossian Henry parmi les eaux *chlorurées sodiques,* par J.-B. Dumas parmi les eaux *silicatées* avec *traces d'acide phosphorique et de lithine.* Actuellement on est à peu près d'accord pour la classer parmi les *eaux indéterminées.* De nombreuses analyses ont été faites de l'eau de la Grande Source; et je donne ici la plus récente du service des mines.

ANALYSE DE LA GRANDE SOURCE
PAR L'ÉCOLE NATIONALE DES MINES
Bureau d'essai, n 12.936

On a dosé par litre d'eau :

	Grammes
Acide carbon. libre	0,0063
Silice.	0,0135
Bicarbon. de fer.	0,0022
— de chaux	0,0092
Phosphate de chaux.	0,0009
Sulfate de chaux	0,0034
— de magnésie.	0,0036
Sulfate de potasse.	0,0050
— de soude	0,0128
Arséniate de soude	faibles tr.
Chlorure de sodium	0,0164
— de lithium	traces
Matières organiques.	0,0021
Total. .	0,0754
Extrait sec à 180 degrés	0,0625

L'Inspecteur général des Mines,
Directeur du Bureau d'essai,
Signé : A. CARNOT.

Au griffon s'échappent des bulles de gaz : ces gaz contiennent 5 p. 100 de CO_2 et 95 p. 100 d'Az. On y a reconnu au spectroscope les raies de l'Argon et de l'Hélium (Bouchard),

Moureu a trouvé 0,36 de radio-activité pour ces gaz.

En résumé, ce qu'il y a plus remarquable dans l'eau de la Grande Source, c'est sa faible minéralisation.

En effet, toutes les eaux minérales connues jusqu'ici sont infiniment plus riches en matières fixes.

Le tableau ci-dessous indique la quantité d'extrait sec au litre des eaux thermales les moins minéralisées d'Europe :

France.   gr.

Alet	0.57
Aix-les-Bains.	0.44 à 0.49 suivant les sources
Evian	0.31
Thonon.	0.29
Cauterets.	0.22 à 0.25 suivant les sources
Plombières.	0.19 à 0.39 —
BAGNOLES DE L'ORNE.	**0.0625**

Espagne.   gr.

Villar del Pozo (Ciudad Real).	0.14
Fuencaliente (Ciudad Real) Templado .	0.13
La Alameda (Madrid)	0.13
Panticosa (Huesco) Higado	0.12
— — St-Augustan. . . .	0.12
— — Herpes.	0.11
Traverses (Lerida) Herpetica.	0.115
— — de la Montaña. . .	0.099

Allemagne.   gr.

Bad-Tölz (Haute-Bavière)	0.85
Schwalbach.	0.68
Wildbad (Wurtemberg)	0.56
Bad-Flinsberg.	0.469
Badenweiler (Duché de Bade).	0.35
Warmbad (Erzgebirge).	0.33
Augustusbad (Saxe)	0.15

Autriche.

Schlangenbad.	0.48
Gastein.	0.33

Suisse.

Ragatz	0.29

2°. La Source Ferrugineuse dite Source des Fées.

Elle est captée sur le versant nord-est de la gorge, et presqu'au niveau de la Vée.

Sa température est de 13° centigrades. L'eau en est ferro-manganésienne et crénatée, et n'est utilisée qu'en boisson (chlorose, anémie).

2

Utilisation de la Grande Source.

L'eau de la Grande Source est utilisée en :

1° *Grands bains* et bains partiels, de durée et à des températures variables (suites de phlébites, varices, rhumatisme) ;

2° *Douches sous l'eau* (spécialement utilisées à Bagnoles) données avec une pomme d'arrosoir dans l'eau du bain, et à une pression, qu'un régulateur peut faire varier de 0 à 2 atmosphères (suites de phlébites, varices, rhumatisme) ;

3° *Hydrothérapie*. Douches à la lance (et autres) froides et chaudes ;

4° *Bains de siège* avec douche périnéale (prostatites, congestions du bassin) ;

5° *Douches ascendantes* pour réaliser le bain rectal à eau courante (hémorroïdes) ;

6° *Injections vaginales* dans le bain (métrites) ;

7° *Piscine*, qui a 20 mètres de long sur 5 mètres de large ;

8° *Pulvérisations*. Dans une salle spéciale où des appareils divisent un filet d'eau sous pression en fines gouttelettes (soins du visage, eczéma sec, voies respiratoires) ;

9° *Boisson*. L'eau est très digestive et surtout diurétique.

Action de l'eau de la Grande Source.

A l'entrée dans le bain, l'eau semble avoir un toucher onctueux, et si dans les cinq minutes qui suivent, on frictionne la peau, on peut constater que les doigts glissent sur celle-ci, comme s'il y avait à sa surface un enduit graisseux. Environ 15 minutes après l'entrée dans le bain, la peau pâlit, puis devient granuleuse et rêche, et l'on peut y voir de nombreuses petites saillies qui forment ce qu'on appelle : *la chair de poule*. A ce moment la friction n'est plus possible. La peau s'est rétractée et l'on éprouve souvent une sorte de constriction du thorax, cause d'une certaine gêne respiratoire. Chez un malade atteint de grosses varices externes, on verra à ce moment, les veines, non plus gonflées, mais rétractées à tel point que les plus grosses apparaîtront en creux, comme un long sillon, sur toute la

longueur du membre atteint. L'eau de la
Grande Source est donc excitatrice des fibres
musculaires lisses, et vaso-constrictive. C'est
grâce à cette dernière propriété que des
résultats remarquables sont obtenus dans les
suites de-phlébites,les œdèmes,et les varices.

On ne connaît dans le monde entier actuellement, aucune eau qui *jusqu'à 37 degrés
et 38 degrés même*, possède cette propriété
vaso-constrictive.

Indications thérapeutiques.

Comme on pourra le voir plus loin, Bagnoles-de-l'Orne s'est créé une spécialité pour les maladies des veines. Je vais donner ici par ordre d'importance les principales affections qui relèvent de la cure.

Suites de phlegmatia alba dolens ;
Suites de phlébites et péri-phlébites ;
Varices (internes et externes) ;
Engorgements variqueux ;
Ulcères variqueux ;
Hémorroïdes ;
Varicocèles :
Phlébalgies ;
Rhumatisme veineux ;
Sciatiques variqueuses ;
Les crampes.
Les ankyloses (suites de fractures, etc..).

Voilà les grandes indications de Bagnoles-de-l'Orne. Les suivantes sont de second ordre, mais gardent aussi leur importance. Ce sont :

Les congestions de la prostate;
Les eczémas subaigus ou *chroniques;*
Les métrites;
Les salpingites chroniques non suppurées;
Les troubles de la ménopause.

Enfin,

Le rhumatisme musculaire;
Le rhumatisme articulaire;
Le rhumatisme chronique;
La goutte;
Les névralgies.

Contre-Indications.

Ne jamais envoyer à Bagnoles-de-l'Orne, les malades en *période aiguë de phlébite*, ceux atteints de *phlébites cachectiques*, ni les tuberculeux.

Les malades qui ont une *tendance aux hémorragies* sont à détourner de notre station, de même que les *artério-scléreux* profondément atteints. Les cancéreux voient à Bagnoles, sous l'action des bains, leurs tumeurs s'accroître avec un regain extraordinaire de vigueur et devront, par conséquent être aiguillés sur d'autres stations thermales.

HOTEL DE L'ÉTABLISSEMENT THERMAL.

La Saison et la Cure.

La saison s'étend du 1ᵉʳ mai au 30 septembre.

La cure, très variable en durée, suivant les tempéraments, se compose de 21 bains au minimum. Il serait préférable bien souvent de dépasser ce nombre pour arriver à 25 bains. Souvent aussi, il est nécessaire d'interrompre la cure par un ou deux jours de repos. Il est bon parfois d'ajouter au traitement une série de massages ou d'effleurages.

Voici les prix des bains et douches :

Bain simple . . . . 2 fr. 50
Bain avec douche. . . . . 4 fr.
Bain de piscine (avec linge) . . . . . 1 fr.
Costume . . . . 0 fr. 15 et 0 fr. 25
Douche simple . . . . . 1 fr. » et 2 fr.
Pulvérisation . . . . . . 1 fr.

Abonnement à la buvette :

Pour une cure. . . . . . 5 fr.
Par verre à la buvette . . 0 fr. 10

Moyens de communication.

Bagnoles-de-l'Orne se trouve :

A cinq heures et demie *de Paris;*

A dix-sept heures *de Marseille* (viâ Lyon-Paris);

A douze heures *de Lyon*;

A douze heures *de Bordeaux* (viâ Paris);

A seize heures *de Toulouse* (viâ Limoges);

A dix-huit heures *de Montpellier* (viâ Lyon-Paris).

La ligne de chemin de fer desservant Bagnoles-de-l'Orne, est celle de Paris à Granville avec embranchement à Briouze (ligne de Briouze à Couterne, par La Ferté-Macé).

Des wagons directs pour Bagnoles partent de la gare des Invalides.

Durant la saison plusieurs trains par jour relient Paris à Bagnoles (trajet en cinq heures et demie).

CARTE DES CHEMINS DE FER

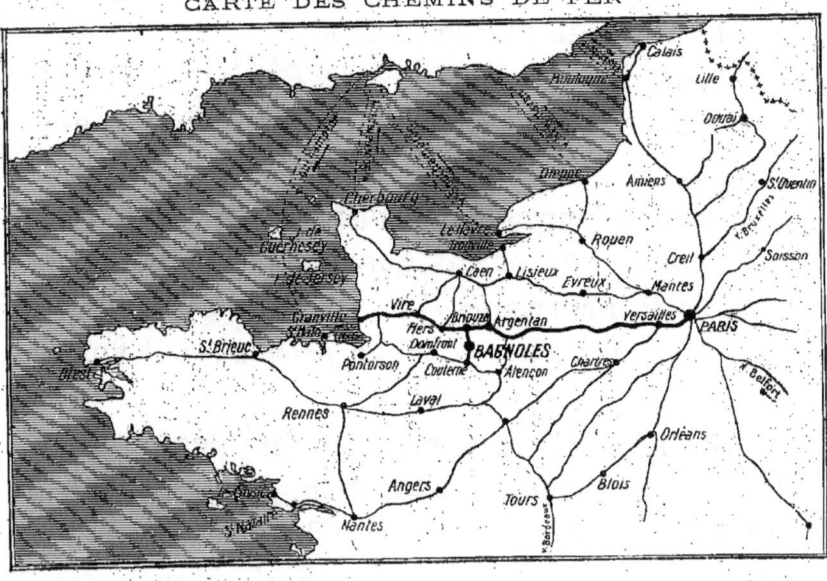

Prix des billets au départ de Paris-Invalides.

Aller et retour (validité quatre jours) :
1re classe, 36 francs; 2e classe, 24 francs.

Aller et retour, validité vingt-cinq jours
(avec faculté de prolongation) : 1re classe,
38 fr. 90; 2e classe; 26 fr. 25.

Distractions.

Pour se distraire, les baigneurs auront l'embarras du choix : casino, thés et jeux de plein air ne font pas défaut.

LE CASINO.

Ils pourront entendre, au casino, d'excellents concerts classiques, tout en prenant le thé sur la terrasse d'où la vue s'étend sur le lac. Ils trouveront aussi au casino, les petits-chevaux et le cercle des étrangers. Des représentations théâtrales données par des troupes de passage occuperont leurs soirées.

Pour le goûter, les dames trouveront des « five o' clock » élégants au *Manoir du Lys*, à *Bellevue-Campagne*, au *Roc-au-Chien*, à la *pâtisserie Gayot*, à *l'Hôtel de l'Établissement*, au *Grand Hôtel*.

De nombreux cours de tennis, et un jeu de golf sont à la disposition de ceux qui aiment les sports.

Les amateurs de *pêche* pourront se livrer à leur passe-temps favori, les ruisseaux du pays étant très poissonneux : on y pêche d'excellentes truites.

Enfin, au mois d'août, ont lieu à Bagnoles les *courses*, qui sont très animées et qui font affluer le monde élégant.

Hôtels, Pensions, et Villas.

Les baigneurs trouveront à se loger avec tout le confort désirable, soit dans les hôtels, soit dans les pensions de famille, soit enfin dans les villas. Ces dernières se louent au mois.

LE GRAND HOTEL.

Il m'est revenu de différents côtés que bien des personnes avaient dû s'abstenir de faire une cure à Bagnoles, les prix dans les hôtels et les pensions y étant trop élevés. Le fait était vrai il y a quelques années ; *il ne l'est plus*, et aujourd'hui le baigneur pourra trouver des prix de pension complète à partir de 6 à 7 francs par jour, et même au-dessous.

Hôtels.
(Par ordre alphabétique)

Hôtel de Bagnoles.
Hôtel Christol.
Hôtel de l'Établissement.
Hôtel de la Gare.
Grand Hôtel.
Hôtel de Normandie.
Hôtel de Paris.
Hôtel du Petit-Bagnoles.
Hôtel de la Terrasse.
Nouvel Hôtel de Tessé (à Tessé-la-Madeleine).
Hôtel de la Madeleine (à Tessé-la-Madeleine).

Pensions de famille.
(Par ordre alphabétique)

A BAGNOLES

Beaumont, Beau-Site, Villa Carmen, Le Castel, Les Cyclamens, Gai Séjour, Les

Glycines, Les Myrtilles, Pension Pasquier, Pension de l'Hippodrome, Villa des Rosiers. Pension Saint-François, Pension Vidcoq.

A Tessé-la-Madeleine

Villa Bel-Air, Villa des Buards, Pension Cordier, Villa Désiré, Villa Javin et annexe, Mitaine-Sonnet, Le Pavillon Français, Le Bon Samaritain, Villa Sans-Souci.

Le Bon Samaritain fait partie d'une œuvre de bienfaisance, et est réservé aux personnes indigentes.

A deux kilomètres de Bagnoles, sur la hauteur et sur la lisière d'une belle forêt de pins, ceux qui aiment la nature trouveront à se loger au Manoir du Lys (pension de famille). Une automobile fait le service entre Bagnoles et le Lys.

Chambres et appartements meublés.

Il existe à Bagnoles de l'Orne et à Tessé-la-Madeleine des chambres meublées et des appartements à louer, chez de nombreux particuliers.

Villas.

Environ 150 villas meublées sont à louer dans les différents quartiers de la station.

Le baigneur trouvera à son choix une habitation luxueuse ou modeste et à des prix variés.

Pour la location, on pourra s'adresser à l'une des agences :

Agence ERNAULT, Villa Colibri ;

Agence FOUBERT, Villa Marguerite ;

Agence LEBLANC, Avenue de la gare.

Voitures et Omnibus.

Des voitures et des automobiles de louage sont à la disposition des baigneurs, soit pour le service des bains, soit pour les promenades et excursions dans les environs.

Un service régulier d'omnibus fonctionne entre les hôtels, les pensions et l'Etablissement thermal aux heures des bains.

BAGNOLES-DE-L'ORNE
ET SES ENVIRONS

Bagnoles-de-l'Orne se trouve en pleine « Suisse Normande », c'est-à-dire dans la partie montagneuse de la Normandie.

Le pays environnant est pittoresque et les

L'ALLÉE DE DANTE.

sites sont variés ; aussi les amateurs de promenades à pied, les cyclistes, les automobilistes pourront-ils s'adonner à leur sport préféré.

Sans s'éloigner de Bagnoles, les promeneurs pourront parcourir l'Allée du Dante qui donne accès au parc de l'Établissement thermal. Cette allée longe la petite rivière La Vée, dont elle est séparée par une haie de grands arbres qui lui donnent toujours de la fraîcheur. A gauche sont de hauts rochers à pic, recouverts de lierre, et au sommet desquels se dressent des sapins et des hêtres.

Le parc de l'Établissement, qui représente une étendue d'environ quarante hectares, gagne le faîte de la colline au bas de laquelle naît la Grande Source, et comprend au-delà, un immense bois de pins que sillonnent de nombreuses allées.

Au-dessus de l'Établissement et un peu plus au sud, se trouve un rocher au sommet duquel existait il y a quelques années une maisonnette rustique : l'Abri Janolin.

La vue s'étend de là sur le village de Tessé-la-Madeleine et plus au loin sur la vallée de la Mayenne. En face, de l'autre côté de la gorge, on distingue le château de La Roche-Bagnoles construit dans le style de la Renaissance en 1859 par M. Goupil; un parc charmant l'entoure, qui s'ouvre vers Tessé-la-Madeleine et où les baigneurs sont admis sur leur demande. Très ombragé par ses vieux arbres, la fraîcheur y règne toujours, même par les journées les plus chaudes.

Le parc du château de la Roche-Bagnoles, s'étend jusqu'au haut d'une petite colline qui fait la limite entre la commune de Bagnoles et celles de Tessé-la-Madeleine.

Sur le penchant qui regarde Bagnoles, cette colline se termine par une paroi de rochers à pic. Le plus haut est appelé : « Le Roc-au-chien » : il a environ 50 mètres. On peut aisément l'escalader en le contournant, et du sommet on domine l'Établissement thermal; à droite la gorge, en face, le centre de Bagnoles, avec le lac, et au loin le Grand Hôtel.

Les baigneurs qui ne redoutent pas les fatigues de la marche, trouveront une quantité d'autres promenades plus longues à faire, et dont je ne donne ici, qu'un aperçu :

Saint-Ortaire (1.500 m.) petit hameau connu dans toute la région pour sa chapelle très ancienne, est un lieu de pélerinage. On raconte qu'au viᵉ siècle, Saint Ortaire, ermite vénéré dans toute la région, vivait dans la forêt d'Andaine. Il y mourut, et la chapelle

PLAN DE BAGNOLES-DE-L'ORNE

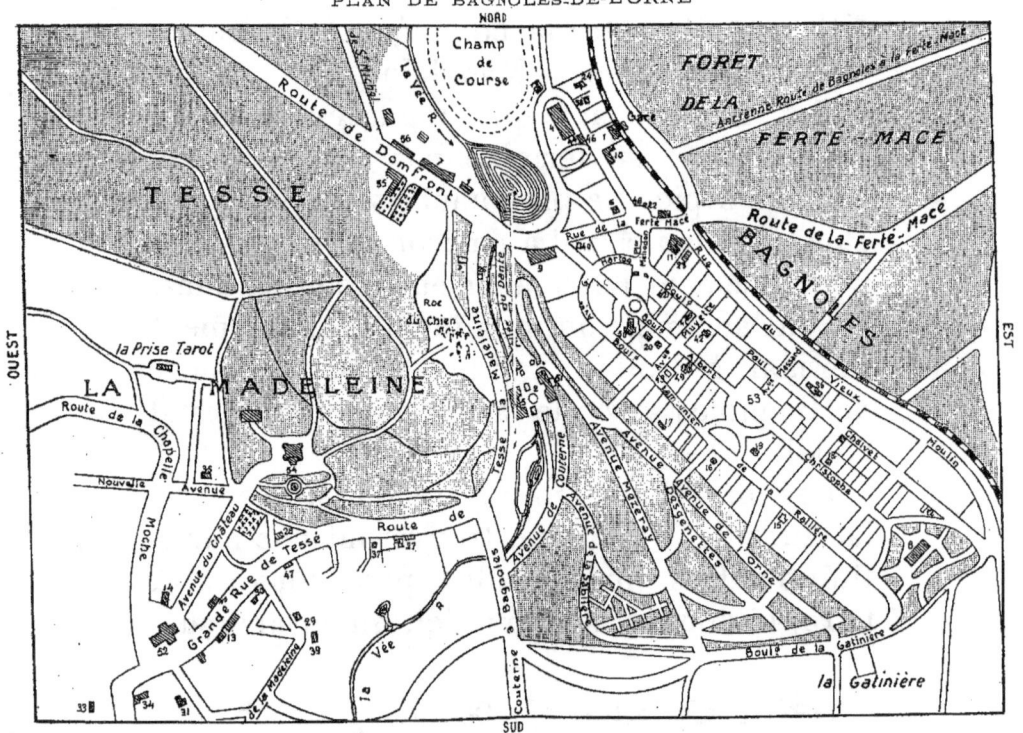

Pour l'explication des numéros voir la page suivante.

EXPLICATION DU PLAN

1. Gare.
2. Établissement thermal.
3. Hôtel de l'Établissement.
4. Grand Hôtel.
5. Casino.
6. Hôtel de la Terrasse.
7. Hôtel de Paris.
9. Hôtel de Bagnoles.
10. Hôtel de la Gare.
11. Hôtel de Normandie.
12. Hôtel du Petit Bagnoles.
13. Grand Hôtel de Tessé.
14. Hôtel de la Madeleine.
15. Pension villa Gai-Séjour.
16. Pension villa Beau-Site.
17. Villa Beaumont.
18. Les Cyclamens.
19. Le Castel.
20. Pension Saint-François.
21. Pension du Dante.
22. Pension Pasquier.
23. Pension Vidcoq.
25. Pension de l'Hippodrome.
26. Villa des Rosiers.
27. Pension Cordier.
28. Villa Bel-Air.
29. Le Vallon.
30. Villa Désiré.
31. Villa Sans-Souci.
32. Les Buards.
33. Villa Javin.
34. Villa Javin (Annexe).
35. Le Bon Samaritain.
36. Les Houx (Dr Censier).
37. Les Lotus (Dr Joly).
38. Les Genêts (Dr Le Muet).
39. Le Campanile (Dr Peyré).
40. Châlet Normand (Dr Poulain).
41. La Chesnaye (Dr Quiserne).
42. Les Sorbiers (Dr Scheurer).
43. Villa Saint-Joseph (Dr Schoull).
44. Bureau de Poste (Bagnoles).
45. Bureau de poste (Tessé).
46. Pharmacie.
47. Pharmacie.
49. Église du Sacré-Cœur.
50. Chapelle Saint-Jean-Baptiste).
51. Chapelle de l'Établissement.
52. Église de Tessé.
53. Place Centrale.
54. Château de La Roche-Bagnoles.
55, 56. Garage Saulnier.

aurait été construite à l'endroit même où se dressait son ermitage.

Saint Ortaire intervient dans la guérison des douleurs rhumatismales. L'intéressé suspend à un arbre voisin, et à la hauteur où siège le mal, une pierre qui lorsqu'elle est tombée d'elle-même à terre, assure la guérison. Malheur à celui qui, par amusement ou moquerie, ferait tomber à terre un de ces cailloux, car le mal pour la guérison duquel la pierre avait été placée, se reporterait immédiatement sur lui.

Mais les pèlerins ne viennent pas seulement à Saint-Ortaire pour prier le saint ; ils y viennent au moment de Pâques pour obtenir de Sainte Radegonde, qu'elle protège leurs moissons.

Pour aller à Saint-Ortaire, le plus court chemin est de s'engager sous le pont du chemin de fer, et de tourner à gauche.

La route longe la voie ferrée, jusqu'à un endroit où, après une descente assez raide, elle tourne à gauche pour passer à nouveau sous la voie ; c'est là qu'on prend, avant le pont, en face, et un peu à droite, un sentier qui en quelques minutes vous mène jusqu'au hameau.

La Croix-Gauthier (2 kil. environ), le *Manoir du Lys, et le Lit de la Gionne* (3 kil.). — Suivre la route de Juvigny-sous-Andaines, en passant devant l'Hôtel de Paris, et en laissant un peu plus haut à droite la route de l'Etoile.

Après un joli trajet en pleine forêt, on arrive au sommet de la colline, où se trouve une croix de granit, la Croix-Gauthier.

À droite et un peu avant d'arriver à la croix, se détache un chemin qui mène en 2 minutes au Manoir du Lys, construit vers le milieu du XIXe siècle par l'amiral Bouvet. On peut actuellement y loger, ou y prendre le thé.

Les tables sont servies dans un joli verger planté de pommiers.

Pour aller au Lit de la Gionne (1 kil. plus loin environ) (dolmen), prendre un chemin qui se détache de la route à droite et à la Croix Gauthier même.

Le dolmen est malaisé à découvrir et se trouve à 1 kil. de là environ sur la droite, et caché par les ronces. Ce sont trois pierres dont deux sont debout, la troisième sur les deux premières. On raconte que la Gionne était le mauvais esprit de la Forêt d'Andaine.

L'Etoile-de-la-Forêt (4 kil). — La route au début est celle de la Croix-Gauthier, mais à la première bifurcation, continuer tout droit au lieu de tourner à gauche. A 3 kil. 500 de là environ, on arrive par une belle route forestière à un superbe rond-point où viennent aboutir huit grandes avenues percées dans la forêt. Quatre d'entre elles sont les routes de Domfront à La Ferté-Macé, de Bagnoles à l'Etoile, et du Champsecret à l'Etoile. Les autres sont des allées très sauvages où ne peuvent guère se promener que les piétons ou les cavaliers. Au rond-point même, une maison de garde-forestier offre aux touristes la ressource d'un excellent lait.

Saint-Michel-des-Andaines (4 kil). — Deux chemins mènent à ce joli et riant village.

1° La route qu'on suit pour aller à Saint-Ortaire.

2° Celle de l'Etoile, en bifurquant à droite, le long de la propriété du Gué-aux-Biches.

Le village n'a aucun attrait particulier ; cependant n'oublions pas l'hôtel du Cheval-Noir qui est renommé pour son excellente cuisine.

Le Château du Fai (4 kil.), communément appelé Château-de-Couterne, est situé dans un parc, au bord d'un pittoresque et joli étang. On l'aperçoit de la route qui mène de Bagnoles à Couterne, route qui bifurque à gauche, à mi-chemin environ entre Bagnoles et Tessé-la-Madeleine.

Le château, propriété de la famille de Frotté, date du xvıᵉ siècle. Jehan de Frotté, secrétaire de Marguerite de Navarre, l'acheta en 1540, à la famille d'Aligny.

Notre-Dame-de-Lignou (4 kil.) et **Couterne.** (6 kil). — Suivre un des boulevards qui mènent à l'ancien établissement du Crédit Foncier, traverser à gauche le passage à niveau, et suivre à droite la route de La Ferté-Macé à Couterne. A 2 kil. 500 de ce point, une route à gauche vous mène en quelques minutes au village de Lignou et à la chapelle, lieu de pélerinage.

Dans le cimetière qui entoure la chapelle, voir les tombeaux de la famille de Frotté.

La vue s'étend assez loin, d'un point situé en arrière de la chapelle, un peu sur la hauteur.

Pour aller à Couterne, revenir au centre du

village, et tourner à gauche ; la route en pente douce vous mène jusqu'à la petite ville, située au bord de la Mayenne et sur la ligne d'A-lençon à Domfront. En été, les baigneurs qui aiment à pêcher, vont à Couterne jeter la ligne dans la Mayenne, où il n'est pas rare de trouver du brochet et de la truite.

La Ferté-Macé (6 kil.). — Est la ville la plus proche de Bagnoles. Elle compte de 6 à 7.000 habitants. Célèbre autrefois comme ville industrielle, La Ferté-Macé a eu beaucoup à souffrir de l'importance qu'ont prise les villes de Flers et de Condé-sur-Noireau, par le développement de leurs usines.

On peut y voir les restes d'une chapelle du XIe siècle et qui forment aujourd'hui la sacristie d'une église moderne.

Une très riche bibliothèque léguée à la ville par le comte de Contades, est installée dans le nouvel Hôtel-de-Ville qui date d'une quinzaine d'années environ.

Pour aller à La Ferté-Macé, sortir de Bagnoles en passant sous le pont du chemin de fer, tourner à gauche en suivant la route de Saint-Michel-des-Andaines, et prendre à droite le premier chemin forestier bordé de

hauts talus (ancienne route de La Ferté-Macé.)
Ce chemin rejoint (à 500 mètres de là environ)
la route de Couterne à La Ferté-Macé, au carrefour dit de l'Epinette. On suivra cette route
à gauche.

Le Rocher-Broutin (5 kil. environ). —
Il sera plus intéressant de ne pas prendre le
même chemin à l'aller et au retour. Il sera
préférable donc d'y aller par la route de La
Ferté-Macé jusqu'à la première bifurcation à
gauche, après le carrefour de l'Epinette. On
suivra cette route jusqu'au hameau de l'Oisi-
lière, après avoir passé un pont sur la voie
ferrée, de La Ferté-Macé à Bagnoles.

Dans le hameau, demander le chemin, qui
en un quart d'heure conduit au Rocher-Broutin. Ce rocher, assez élevé, domine Bagnoles,
et lorsque la vue est claire, on peut aperce-
voir la vallée et au loin les coteaux de la
Mayenne.

Pour le retour, et si l'on préfère les chemins
sous bois, suivre un sentier qui commence au
pied du rocher, et qui aboutit près de Saint-
Ortaire, mais de l'autre côté de la voie ferrée,
tout près de la route de Bagnoles à Saint-
Michel-des-Andaines.

Ce chemin n'étant pas très facile à trouver lorsqu'on veut aller de Bagnoles au Rocher-Broutin, mieux vaut réserver cet itinéraire, pour le retour.

EXCURSIONS

Je n'ai pas la prétention d'indiquer ici toutes les excursions à faire dans les environs de Bagnoles-de-l'Orne.

Je me contenterai de donner quelques détails sur les plus belles, et les plus réputées.

J'en distinguerai trois catégories; celles qui éloignent de Bagnoles, d'environ 25 kilomètres, d'environ 50 kilomètres, enfin celles de plus de 50 kilomètres.

25 kilomètres.

Les Gorges d'Antoigny (8 kil.). — Suivre la route de Bagnoles à La Ferté-Macé, jusqu'au carrefour de l'Épinelte. Prendre à droite la première route qui passe par les bois et vous conduit par des montées et des descentes successives à un premier carrefour, où elle croise la route de La Ferté-Macé à Méhoudin. Continuer tout droit et ne bifurquer à droite qu'à la seconde croisée. Cette nouvelle route qui vient de Magny-le-Désert conduit à Antoigny, en longeant d'abord un petit étang à côté duquel se dresse quelques masures, vestiges d'un ancien tissage, puis en côtoyant le petit ruisseau qui naît de cet étang; de part et d'autre les collines s'élèvent graduellement, couvertes de rochers et de bruyères, en même temps qu'elles se resserrent de façon à ne plus laisser place pour ainsi dire qu'à la route et au ruisseau.

Après avoir passé un pont, la route monte et débouche en face de l'église d'Antoigny.

De là, deux chemins peuvent ramener les touristes vers Bagnoles.

La route, assez mauvaise d'Antoigny à Lignou, permet de revenir plus rapidement. La route d'Antoigny à Méhoudin permet de revenir par Couterne.

On pourra pour compléter la promenade, aller d'Antoigny visiter le château de Monceaux. Le chemin est difficile à trouver; aussi vaudra-t-il mieux prier quelqu'un du village d'indiquer l'endroit où il bifurque.

Perrou (15 kil.). — Perrou est un lieu de pélerinage. Les sœurs franciscaines y tiennent un asile et un orphelinat.

Prendre la route de l'Etoile où l'on bifurquera à gauche pour suivre la route de Domfront. A la croisée de cette route avec celle de Champsecret à Lassay, tourner à gauche, et prendre la première route à droite. Le retour se fera par Juvigny-sous-Andaines.

Lassay (16 kil.). — Se rendre d'abord à Couterne, et continuer tout droit. On passe la Mayenne au sortir de la ville. On arrive à Lassay après avoir gravi la longue côte de l'Aiguillon, d'où la vue s'étend vers Couterne, Bagnoles et La Ferté-Macé. La petite ville de Lassay est située dans le fond d'une sorte de cuvette ouverte au nord-ouest, par une dépression en forme de vallée. C'est là que se dresse le château qui date du xie siècle. Ses huit vieilles tours et ses remparts en font un des monuments historiques les plus intéressants non seulement de Normandie, mais de France.

Il appartient à M. de Beauchêne qui en autorise la visite.

Au retour, on pourra visiter les châteaux

de Bois-Frou (ruines du xiv° siècle) et de Bois-Thibaut (ruines du xii° siècle).

Briouze (18 kil.). — C'est à Briouze que la ligne de Bagnoles se raccorde avec celle de Paris à Granville. Le village est propret et n'offre que peu d'intérêt.

Domfront (18 kil.). — Deux itinéraires : par l'Etoile ou par Juvigny. L'excursion est une des plus belles qu'on puisse faire dans les environs.

Domfront est une très ancienne petite ville : elle fut bâtie au xi° siècle. Le rocher sur lequel repose la vieille cité et les ruines du château, s'élève d'environ 100 mètres au-dessus de la rivière : La Varenne.

Le château fut construit au xi° siècle par le duc de Bellevue. Actuellement, il n'en reste qu'une partie du donjon et les casemates.

On raconte qu'autrefois, sous Guillaume le Conquérant un jeune homme, Jean Barbotte originaire de Domfront, quitta sa ville natale pour devenir voleur de grand chemin. Après avoir pillé tout le voisinage, il tenta un jour de revenir en ville. Il y réussit grâce à un déguisement.

Arrivé à l'hostellerie, il se fit servir un bon repas, mais au moment de se mettre à table, il fut appréhendé, lié, emmené, puis jugé et exécuté dans l'heure qui suivit.

Avant de mourir, on raconte qu'il s'écria :

« Domfront, ville de malheur.
Arrivé à midi, pendu à une heure.
Pas seulement le temps de dîner. »

Il existe en ville quelques vieilles maisons, et les fortifications, couvertes en automne de vigne-vierge aux feuilles rouges, sont particulièrement curieuses et intéressantes.

Le retour de Domfront pourra se faire par les châteaux de Bois du Maine (probablement du xie siècle) et de Chantepie qui appartient au comte de Malterre.

Carrouges (23 kil.) et par Rânes (28 kil.) — Le château de la fin du xiiie siècle, est un des plus intéressants de la région. Il est situé dans un bas-fond. Un portail du xviiie siècle, charmant, mais ne paraissant pas à sa place devant un château du xiiie, donne accès au parc. Le château aux nombreuses tourelles est entouré d'un très large fossé qui lui-même est bordé le long de la face principale d'une grille remarquable en fer forgé. Cette grille fait en quelque sorte une seconde enceinte au château, mais du côté de l'entrée seulement.

De Carrouges, le retour se fera par Rânes où l'on admirera le château (xve siècle), entouré d'un parc magnifique.

Putanges (26 kil.).— Est une charmante ville située au bord de l'Orne, dans un bas-fond et divisée en deux communes par la rivière. Rive gauche : Putanges. Rive droite : Pont-Ecrepin. L'Orne serpente dans une charmante vallée bordée sur sa rive droite par de hautes falaises. Le site est ravissant, et c'est un plaisir en été par une belle journée, que de se faire servir à déjeuner au bord de l'eau, une excellente friture : le goujon et la truite font rarement défaut.

La route la plus courte est celle de La Ferté-Macé au Fromentel, puis du Fromentel à Putanges (route de Rânes à Falaise). Au retour on pourra prendre la très jolie route de Putanges à Briouze, par Mesnil-Gondoin.

50 kilomètres et moins

Flers (32 kil.). — Est une ville riche et importante (14.000 habitants). Très connue pour ses filatures, ses tissages et ses teintureries, Flers est devenue un grand centre industriel.

Le château-fort, date du xve siècle. Il fut incendié en 1800 par le général Gardanne, et restauré en 1806.

Actuellement, propriété de la ville, il sert de mairie, et renferme le musée et la bibliothèque.

Mayenne (par Lassay, 36 kil.). — Doit son origine à un château-fort construit au viiie siècle par Juhel, duc de Bretagne. Ce château fut pris par les Anglais en 1424.

Il appartint plus tard à Charles de Lorraine, duc de Mayenne.

Le château domine la ville et la Mayenne qui coule à ses pieds. La terrasse du château a été transformée en jardin public.

Argentan (38 kil.) par La Ferté-Macé et Rânes (6.000 habitants environ). — La ville existe depuis le ve siècle. Robert Courte-Heuse y fit construire le château en 1089.

Argentan fut prise en 1204 par Philippe-Auguste. Les Anglais s'en rendirent maîtres en 1447, mais en furent expulsés en 1449.

Le château est actuellement le palais de justice. Visiter les églises Saint-Germain et Saint-Martin et l'école dentelière.

Falaise (43 kil.) par Putanges. — Ville très ancienne, fut habitée par les ducs de Normandie. C'est à Falaise que naquit Guillaume le Conquérant. Le château qui date du xii⁰ siècle est particulièrement intéressant, ainsi que l'église Saint-Gervais qui date de la même époque.

Spécialité de sablés normands.

Alençon (48 kil.), par Couterne et Pré-en-Pail. — Est la préfecture de l'Orne; elle compte environ 18.000 habitants. Le château des ducs d'Alençon sert actuellement de prison; on en peut voir de la place, la porte d'entrée flanquée de deux tours énormes à créneaux.

L'église Notre-Dame qui date du xv⁰ siècle est un monument architectural intéressant. Visiter le musée où l'on admirera quelques beaux échantillons de dentelles anciennes.

Saint-Céneri et Saint-Léonard (50 kil.)

— On peut s'y rendre facilement depuis
Alençon; on commence la promenade par
Saint-Céneri et Saint-Léonard (on quitte alors
la route de Domfront à Alençon, à Pré-en-
Poil) et on fait au retour le détour par Alençon.

Cette excursion est l'une des plus jolies et
pittoresques qu'on puisse faire dans les environs de Bagnoles. La route passe dans des
vallons rétrécis, dont les flancs sont ou bien
rocailleux, ou bien couverts de bruyères, et
au fond desquels coulent des torrents. On
pourrait se croire subitement transporté en
pleine Suisse.

L'église de Saint-Céneri a été édifiée sur
l'emplacement d'un vieux monastère; elle ne
présenterait que peu d'intérêt si, dans son
intérieur il n'y avait quelques fresques assez
curieuses, et qu'on dit représenter quelques
épisodes de la vie de Saint Céneri. Un peu
plus loin que l'église, dans une prairie qui se
trouve tout au fond du vallon, au bord de la
rivière, et avec quelques rochers à pic, qui le
dominent, on vous montre un rocher sur lequel
Saint Céneri avait l'habitude de dormir : la
place où il reposait la tête se trouve marquée
en creux.

De Saint-Céneri, pour aller à Saint-Léonard, la route s'élève rapidement au-dessus du village qu'on domine.

Saint-Léonard, très pittoresque, est entouré de collines, qui présentent des penchants très abrupts. L'église est assez curieuse et date du xiie siècle : elle est du style roman.

Le Château d'O (environ 50 kil.). — Il est situé non loin du Haras du Pin, et d'Argentan. Un petit cours d'eau le contourne, et un parc superbe l'entoure.

Le style n'en est pas très pur : Renaissance mélangé d'autres styles.

En général, la visite du château d'O est comprise dans celle d'Argentan et du Haras-du-Pin.

Plus de 50 kilomètres

Le Haras-du-Pin (53 kil.) par Argentan. — Le château qui date du xviiie siècle appartient à l'Etat.

Les communs qui ont été agrandis donnent abri aux nombreux chevaux du haras.

La route depuis Argentan est très belle ; elle est taillée en pleine forêt ; c'est une véritable promenade, dans un parc.

Sées (55 kil.). — Est l'un des évêchés de Normandie. La cathédrale date du XIIIᵉ siècle. Visiter le palais épiscopal.

Mortain (60 kil.) par Domfront. — Est une des villes de Normandie, d'où la vue s'étend le plus loin.

De la chapelle Saint-Michel, située au-dessus de la ville, panorama splendide. Lorsque le temps est clair, on peut facilement distinguer le Mont Saint-Michel. Visiter l'église Saint-Evroult (XIIIᵉ siècle); le Séminaire (XIIᵉ siècle); enfin se promener dans les ravins de la Cance pour voir les superbes cascades.

Vire (61 kil.) par Flers. — Est une vieille ville intéressante par ses vieilles maisons. L'église Notre-Dame date des XIIᵉ et XVᵉ siècles. Le château en ruines fut construit au XIIᵉ siècle. Voir la tour de l'Horloge qui date du XIIIᵉ siècle. Visiter les charmants Vaux de Vire, jolis et riants vallons au fond desquels la Vire et ses affluents sinueux baignent de vertes prairies. — Spécialité d'andouilles.

Laval (66 kil.) par Mayenne.— Etait autrefois une place forte de premier ordre. Il ne
reste actuellement d'intéressant à visiter que le
château (xiᵉ siècle) construit au-dessus de la
ville, sur une colline qui domine la Mayenne.
Voir le donjon, la chapelle, les prisons.

La situation du château est privilégiée, car
des fenêtres, la vue s'étend sur toute la cam-
pagne environnante.

Caen (83 kil.) par Putanges et Falaise. —
Tout le monde connaît l'importance histo-
rique de la ville de Caen. Signalons les prin-
cipaux monument à visiter :

L'Abbaye-aux-Dames (xiᵉ siècle) attenant à
l'hôpital qui était autrefois un cloître. Le
Lycée qui est un ancien cloître. L'église
Saint-Etienne (Abbaye-aux-Hommes). L'église
Saint-Jean (xivᵉ siècle). Le château (xiᵉ siècle).
L'Hôtel de la Monnaie.

Les bords de l'Orne (100 kil. environ)
par Flers, Condé-sur-Noireau, Pont d'Ouilly
et Thury-Harcourt. — La promenade est toute
d'agrément. Les sites se succèdent, pittoresques, charmants et la route suit tantôt les
cours d'eau, tantôt le faîte des collines.

Il est fort amusant d'errer un peu à l'aventure dans les environs de Pont d'Ouilly en cherchant à suivre les sinuosités de l'Orne. Les routes ne le permettant pas constamment, on va, on vient, on gravit une colline qu'on descend de l'autre côté, pour retrouver, au fond d'un nouveau vallon, l'Orne qu'on avait perdue.

Le pays est attrayant la nature verdoyante et les collines boisées vous donnent l'illusion d'être transporté dans certaines parties des Vosges, et même de Suisse.

Le Mont Saint-Michel (103 kil.), par Domfront et Saint-Hilaire-du-Harcouët.

Il serait trop long de donner ici un aperçu sur la merveille d'architecture qu'est le Mont Saint-Michel. Il sera préférable de se reporter à l'un des nombreux ouvrages parus sur ce sujet.

La route est assez monotone. De Domfront, deux directions s'offrent au touriste, et aboutissent toutes deux à Saint-Hilaire-du-Harcouët. L'une la meilleure et la moins dure, est celle du Teilleul; l'autre est celle de Mortain. Cette dernière route est très onduleuse, avec des côtes fréquentes et assez fortes.

Granville (120 kil. environ) par Flers, Vire, Saint-Sever et Villedieu-les-Poêles.

La ville a peu d'attrait ; cependant il est amusant d'assister à l'entrée, au port, des bateaux de pêche.

Pour le retour, un joli itinéraire sera le suivant :

Saint-Pair, Jullouville, Carolles, Saint-Jean, Genêts, Voins, Avranches (en longeant la côte est du Cotentin, par une route d'où la vue s'étend constamment sur la mer et le Mont-Saint-Michel au loin).

D'Avranches, revenir par Mortain et Domfront.

TABLE DES MATIÈRES.

Coulommiers. — Imp. De-saint et Cⁱᵉ, 41, rue de Melun.

COULOMMIERS

IMPRIMERIE PAUL BRODARD ET Cⁱᵉ.

www.ingramcontent.com/pod-product-compliance
Lightning Source LLC
Chambersburg PA
CBHW060817180626
46818CB00002B/850